記憶の中の
ピアニシモ

吉田定一詩集

竹林館

詩集

記憶の中のピアニシモ

目次

I　青空

II　猫の鈴

Ⅲ　鰯

Ⅳ　石ころ

カバー・扉——木版画　藤井　満
中扉————スケッチ　吉田定一
著者紹介———イラスト　篠原義隆

詩集

記憶の中のピアニシモ

Ⅰ

青空

千葉　犬吠埼

TEIICHI

燐寸

カウンターで燐寸を擦る
ぽっと紅く燃え立つ
一瞬の　追憶へのピアニシモ

野菊

遠いとおい「思いで」が咲いている

あやめ

うす紫色の単衣《ひとえ》の衣をさらりと広げ
垂らした帯が可憐です
一度は想ったこともある　あなたを
忘られぬいとけなき日のかなしみ

青空

ああ　感嘆符と疑問符が
あんなにも空を青くしている

ボタン

入れば　にっこり顔して出てくる　おまえよ
もう掛け違いはよそう
おまえなしでは　肌身がさむい

蟻

悲しみが　這い回っている
たまには訪ねてみよ　この指先に

流れ星

明るい星空の向こうでも
推理小説のような事件《ミステリー》が起こったらしい
あっ！　だれかが　月から突き落とされた

柳

風にたなびくばかりの八方美人よ
いや　まあ　あの　その　はあ…
ああ　じれったい　ことばの歯切れまで柳腰
へっぴり腰の及び腰　うん…　これで善《よ》かと

停泊

夜空は星の海　月が錨を降ろしている

蚊

細いいのちの弧線を曳き
闇夜を震わす
おまえは　羽音の霊魂《たましい》？

影

白壁に揺れている　秋桜《コスモス》の影
あなたの若き日の　記憶《おもいで》のシルエット
ああ　この地球の影は　宇宙の
何処に　落ちているんだろう

遮断機

遮断機の前に立ち
突風を撒き散らして過ぎ去る列車の
一瞬の　目もくれない傲慢さ

柱時計

ときどき　おまえは嘘をつく
両手で顔を覆ってもダメ！

白百合

まるで聴診器のようですね
（胸を開いてください・・・）
――あら！　心雑音？
あなたに触れられて　胸騒ぎしたのかしら

＊心雑音――病名

朝

風光る朝　真新しい今日と縄跳びしている

ペン

尖った口先から
知恵と知識が零れ出る
見栄を張るな！

睡蓮

水面《みなも》の上　時の扉を開いて
あら　可憐にひとときの時間《とき》を咲かせている

帰還

赤道を跨いで　前線から最後の兵士が還ってきた

いま

いちばん　無限に近い過去
いちばん　無限に近い未来
その狭間の　永遠の一瞬
――生きる

微かな鼾

韻を踏み　律《リズム》を刻みながら
船出する　心地よい寝息の小舟
漂い　彷徨《さまよ》いながら
夢の入江で　夜明けを待っている

I　28―29

月夜野

月の光はわたしたちの
ふりこぼした罪のかけらまで掃き清め
遥けき沈黙の聲を落としている

隣人

じっと耳で見ている
目でそっと聞いている
秋深き隣は何をする人ぞ*

*芭蕉五十一歳の句、芭蕉が起きて創作した最後の作品。

Ⅱ

猫の鈴

釧路　海底炭鉱
TEIICHI

猫の鈴

伽羅橋の橋の上で

「ぼく　帰りがお早いですな」
と　父が猫なで声の
他人行儀なおかしな挨拶をした

はあ?!　と　一瞬口ごもり
俺は父と　その後ろにいる女に
ぺこんと頭を下げた
その時　振り返る俺の小さな肩に
かぼそい女の声が乗った

――あの子　どこの子?

いまもそんな記憶が
天の高みに吊るされていて
（俺の人生に　どうってことはないのだけれど…）
卯月の季節が巡りくるたび
天からあの声が　あの女の姿と一緒に
俺の肩に舞い降りてくる

——あの子　どこの子？

ぺこっと女は頭を下げ
春風に運ばれるように　消えていくのだが
いつもその場に
あの子どこの子の自分が取り残され
年ごと俺は　迷い子になる

そんなこんなを思って
誰かがそっと　仕掛けてくれていたのだろう

右に左に　首を振り頭を振る
——ここは何処？

その度ごとに
なぜか喉仏のあたりで
チロリン　チロリン
と　父の呼ぶ声が
猫の鈴となって響くのだ

そうして俺は　あの時のあの子のまんま
烈しく老いを重ねてきた

脱皮

長い眠りから目覚めた
孵化したばかりの　蝉の瑞々しいいのち

樹の枝を産土にして
抜け殻を止まらせている

人もまた　蝉のように
煩悩《まよい》から脱皮して

時のフィルムに無聊《ぶりよう》を巻き付け
空に羽ばたいていけるものなら

ほら　庭の　樹の枝に

誰だろうと思ったら
脱皮したふりをした
抜け殻の俺が　ぶらさがっている

野うさぎさん

――あっ　流れ星！

あいつは足の早い三輪君か？
いや　生きておれば
とうに米寿を超えた
堀口さんかも
それとも
明日の　俺か

今日も　月の海に
墓標をたてている

――哀しい月ですね

——そうだな　あそこは
空で散った俺たち予科練の
無名戦士の墓だ

入れ歯をカタカタ鳴らし
目赤くして
野うさぎが淋しく呟く

この地上の
ここ　そこに在っても
あの空が
俺たちのふるさと

生死を分けた
哀しい
怨念のふるさとだ

シシトウ（獅子唐）さん

――四《し》×四《し》　十《とう》だ　なんて！
四《し》×四《し》　十六《じゆうろく》　ではないの？　シシトウさん

――自分の　簡単な計算もできないのにねぇ
――女将《おかみ》！　いつまでも屁理屈を叩いていろっ！

俎板の上で　シシトウさん　泣いたり笑ったり
顔を赤くして　管《クダ》を巻いて酔っぱらっている

（――人生は　泣き笑い　泣き笑いの　人生だ…）

――あら　舌がもえる　しくしく泣けてくる
助けてください　ねえ　シシトウさん　お願い

——口は禍のもと　だめです！
シシトウが　はっはっと　笑う

——しくしく　泣き泣かされて　四《し》×九《く》　三十六《さんじゅうろく》
はっはっと　笑い笑われて　八《はっ》×八《ぱ》　六十四《ろくじゅうし》
——泣いて笑って　合わせて（三十六＋六十四）百の
泣き笑いの人生　百点満点！

すっかり　シシトウさん
酔いから醒めて
もとの青く澄んだ　真顔に納まっている

——ほら　女将さん！
こんな生きた　計算もできないの？
——ん～?!

形見

生の終わり近くにいる寝床の父を
見舞ったことがあった

あれから遠く歳月が　川の流れのように
記憶の淵を流れ去った…

（想い起こすことはただ一つ）

死と隣り合わせの父の枕元に
一枚の写真が立てかけてあったこと

丸まげに髪を結った若い女の写真である
――この女のひと！　誰？
――オマエハ知ラナイノカ

――亡クナッタ母親ジャナイカ

ふーん…　誰の目にも触れさせてこなかった母の
初めて知る娘期の写真である

何時　親父の胸のアルバムから剥がして
枕元に置いたのだろう

あの世の慈悲に抱かれたひとりの人間の
愛おしくも哀しい装いをそこに見た

〝ああ　つまらぬ〟と涙しながらも
それは微かにいのちを支えていた父の

たったひとつの　美しい永遠《とわ》の面影ではなかったか
蛍火のように清らかな　母の形見であった

窓ガラス

ガラスが　放射状に
ひび割れている

ガラス窓に走った
いなずまの　光のような

いい争ったおんなの悲鳴が
凍り付いている

――す　ま　な　い　ね

かなしみの窓ガラスに
人差し指で　半醒《はんせい》の文字を灯す

ほっと　熱い息を吹きかけ
冷たいガラスに　口づけする

ひび割れを　吸い取るように
唇で　ふき取るように

（ああ　ガラス窓の安堵の涙か…）

沈黙の悲鳴が　雫となって
すっとガラスの頬に流れ落ちる

窓と壁

窓は「内と外とを繋ぐもの」*
すると内と外を閉ざすものは　壁だ

その壁をいつとはなしに
こころに忍ばせ

いつとはなしに
ひとの壁になってはいないか

しらんふりして
瞼を閉ざしてはいないか

瞳《め》はこころの窓　いつでも窓を開けて

ひとと繋がっていきたい
そして　さわやかに広がるそのそこへ
じぶんを解《ほど》いて降りていこう

窓は　一期一会のオアシス
今日も窓辺に

さわやかに　微風《そよかぜ》がそよぎ
まだ見ぬあなたが見える

＊西尾実編『国語辞典』（岩波書店）からの引用。

Ⅱ　48—49

水滴

コップの水が零れた

ガラスの淵から滑り落ちた水は
テーブルの上に　水滴となって散り

そして　ひとつに寄り添い
微かな斜傾を感じて　小走りに走り出した

ここを通り過ぎたとばかり
記憶の痕跡を残して

原稿用紙と広げた本の側を通り
迷うことなく　テーブルの淵まで来て

ぴたっと押しとどまった
あっ　そこは危ない！

何処からか　澄んだ声がする
水は　断崖絶壁を覗きこんで躊躇している

誰も彼もが息をころして　ふと深呼吸
水《おまえ》は引き返す手段《すべ》をもたない

漲ってくる運命
ただ憂愁と絶望があるのみだ

その水の　存在の手に導かれて　漸《ようや》く
言葉の記憶の水滴《しずく》が　原稿用紙に落ちる

傘

雨が降る

細い一本の柱で
建てられた家

ふたりは柱を手にして
肩を寄り添って歩く

窓も　壁もない
外も内もない空間《へや》

ひとの視線を遮る《さえぎ》ものは
ふたりの愛

何処へ行こうと　ふたりは
いつも　花模様の家にいる

雨が降る

遠く　近くに
あら　足元の子ども部屋に子犬が

小雨の冷たさを避けるように
しあわせが　駆けこんできた

カンガルーさん

ん、と　だまって
　ふりかえり
ん、と　かすかに
　へんじ　した
ん、と　こっくり
　はずかしげ

イケメン　にいさん
　よびとめた
セブン・イレブン
　はんずぼん
レジの　まえいく

カンガルー

ん、と　ほほえみ
　ふりかえる
おなかに　かくした
　かくしもの
だまって　いないで
　だしなさい

——　ん？

ゴキブリ

あさ　縁側の石畳のうえで
ゴキブリが仰向けになって

ちいさな万歳をしている
栗色の赤子のような手足には

まだ生命があるようで
かすかにうごいている

ひとさまにいやなやつだと罵られ
薄暗りをすみかとしたおまえだが

いま　手足をふるわし

ちいさな陽だまりのなかで
目にいとおしいほどの
光をためている

死にぎわにはやはりおまえでも
陽の光をもとめたんだね

――やくざな兄さんよ

こんど生きかえってきたら
逃げまどわないで

ぼくと　いっしょに
まぶしい光をあびに外へ出よう

雄鶏《おんどり》さん

羽を広げて坐るその背中の上に
穏やかな春の陽差しがのる
温かいこんなぬくもりを
どこかに置き忘れてきてしまった

ああ　あそこで……・・
と　あそこを思い浮かべた瞬間
ガタンと車内の穏やかな春日が揺れて
あそこが何処なのか忘れてしまった

鶏冠の上で揺れている
かなしみの震源地は何処？

それでもつい思い出したりすると
苦いその記憶に押しつぶされて
もう二度とあそこのあの駅に
降りることができなくなる

こっこっ　こっこっ
もう　けっこう

こんなまばゆい真昼時に
車中　ひとめはばからず泣いて
いつもこうして幾駅か乗り越してしまう
ひと駅かふた駅なのに　引き返すには
もう　あまりにもあそこのあの駅が
遠い……………

泉　――お見舞い

「ああ　来てくれたのかい！　ありがとう。」微笑む顔の中に　いつもの友がいる。どう声をかけようかと　迷い悩んでいたことが　友の笑顔で　忘れさせられる。

「思ったより　元気そうじゃないか。」医師が手を打ち尽くしたという　友の病状を伺う。「わたしとは厭わしいものである」*と　言ったのは誰だったっけ。とっさに　友は語って囁く。

「涙ぐむなよ　君も哀しい男だね。」励まし慰めるはずだった　僕の想いが愚かしい。ひとはいつも別離《わかれ》を告げている。ああ　何もしてあげられない……。

(すべては　何もしてあげられない陽だまりの中にある。)「じゃ　またな…。」か弱く小さくされた友の　振り返る動作《しぐさ》の中に　生きるいのちの　湧く泉がある。

＊パスカル　瞑想録『パンセ』

II　60—61

Ⅲ

鰯

知床半島　羅臼岳
TEIICHI

河豚《ふぐ》

怒ると　ぷっと脹《ふく》れる
恐れると　まばたきして身を守る

そのうえ　顔に似合わずに
おちょぼ口　目も可愛いね

魚だとは思えないほど
おまえは　表情ゆたかだ

そんな愛嬌ある顔を　素朴な表情を
にんげんは　自尊心《プライド》で覆って

どこかに　置いてきたようだ

幼子は　笑っても泣いても愛らしい
手足にも柔らかな表情がある
からだのすべてが顔　河豚のように

そんなおまえの中に愛おしい私がいる
ああ　魚には珍しい瞼のある　おまえの瞳で
もしも　ウインクでもされたら…
（ご用心！　ご用心…）

うつくしい薔薇に　棘があるように
美味しいものには　毒がある――

海鼠《なまこ》

夜になると　海を鼠のように這い回る
ところから　海鼠

阿佐ヶ谷あたりでよく見かけたな
海にも赤提灯があるのかな

おまえは柔軟な体壁にとろんとした
目玉模様のコスチュームを羽織り

何ともきもちわるいが
触ると　小娘のように固くなる

（身を捨てて浮かぶ瀬もありか）

小石のような孤独な容姿とは違って
コリコリした味わい深い粋なおまえだ

初めて口にしたわれらの先祖に
驚くやら感心するやら　敬意すら…

腹黒い人間どもが　情け深い
おまえの内臓の腸《このわた》にも舌を巻く

ああ　今宵も　おまえを求めて
あかい灯あおい灯の　灯がともる

鰯

海にいては　大群をなして泳ぎ
一匹としてスイミー*のように

賢くはなれなかった
名前があっても雑魚《ざこ》扱いだ

陸に上がって　仲間と一緒に
熱湯の釜のなかでボイルにされ

天日干しにされ　今こうして
からからの身の上の煮干《いりこ》になっている

嘆くな　嘆くまい

弱し卑《いや》しと卑下され　いじめられても
常に仲間を支え　助け合ってきたおまえたち
（俺とも一心同体だ）

今じゃ　いい出汁《だし》を出しているじゃないか
鰹や昆布と勝るとも劣らない

（われわれの矜持としよう）

おまえのひ弱さ脆《もろ》さ　名前の引け目が
身を助け　現在《いま》のおまえをたらしめているのだと

*『スイミー（Swimmy）―ちいさなかしこいさかなのはなし』。オランダ出身の絵本作家レオ・レオニ作の絵本の題名。また、その主人公の黒い魚の名前。谷川俊太郎訳。

鮪《まぐろ》

休息を取ることもなく　おまえは
大海を遊泳し続けた一生であった

いまやっと　ごろんと大きな体を横たえ
目を見開いて休んでいる

陸に上がっても　おまえは瞳を閉じることもなく
あの世この世の　行き先を気にしている

市場の競りの秤に上がれば
俺のいのちの重さはいかばかりかと…

検体でもしてお役にでも立とうか

美食家どもの舌の躾になればよい
それにしても騒がしいな！
はやばやと

腹にでっかい包丁をあてがわれて
鮪《おれ》の解体が始まり出した

蟹

顔は南《こっち》を
向いているのに

そっぽをむいて
西《あっち》に向かって歩いていく

おい！　こっちのあっちの
そっちは　どっちだ！

鎧兜《よろいかぶと》で身をまとい
花鋏までかざして

厳《いか》つい姿にもかかわらず

ぶつぶつ泡沫《あわ》を飛ばしている

——憤懣やるかたなしだ

（またおんなにでも振られたのかな）

おい！　そんなに気取って何処へ行く？

ん！　「敵は竜宮城にあり…」

烏賊《いか》

透明な美肌に
すらっとしたスマートな容姿
お脚も細く長く

常に尖った頭脳で　実直に
自身の進むべきひとつの道を
そして一途に生きる方位を示している

なんの邪念もなく
柔軟なからだで　透き通ったこころで
母の大海の中を　ただ一筋に

――それにしても　誰が名付けたのかしら?

烏の賊だなんて
――ふん！　いかさまよ

注「イカは頭がよく、お腹がすくと死んだふりをして海面に浮かび上がる。それを海の上を飛んでいる烏が見つけて捕まえようとして急降下する。そこを待ち構えていたイカが素早く烏の足にからみついて捕まえてしまう。イカを捕まえようとした鳥が逆にイカの餌食になる。烏賊と書く由縁である。」と中国の古書にある。（「語源由来辞典」より）

タツノオトシゴ

子・丑・寅・卯・辰・巳・午・未・申・酉・戌・亥

おまえは十二支の辰の
竜の落とし子か？

なにか悲運な運命を　ひっそり
肩に背負っているのかもしれない

魚の概念から遠く離れた
容姿をして　しかも何処か
浮遊している姿に孤独さが漂う
おまえよ　海中の生活に馴染めないのか

身体《ふうさい》の故に　それ故に
仲間から　ぽつんとひとり離れて

うつむき加減の姿勢で
立って泳ぐしかなかったとでもいうのか

（ああ　われわれの魂に触れる）

それでも　ヒレやエラがある魚であることから
おまえよ　俺たちは　自身から離れられないのだ

栄螺《さざえ》

じぶんの殻に閉じこもって
意気地なし

あなたがいけなかったのよ
あなたが悪いのよ

減らず口ばかり叩いて
理屈っぽく　言い訳ばかり並べてさ

口先ばかりのおひとなのね
何か言ったら　どうなの？

口を閉ざして黙っていたら

何もかも言いふらしてあげる！

わたしの気持ちまで棘が生えてくるわよ
このままでいいの？　栄螺《あなた》！

うん　まあ　その…
ずっと殻に身を潜めて　黙っていらっしゃいよ

そのうち刺身にして　壺焼きにして
あなたの苦《にが》みまでいただいちゃいますから

秋刀魚

裸電球が揺れている
明かりが揺れ　影が揺れている

店先の秋刀魚の青白い肌が鈍く光り
尖った口元が微かにひらいている

「あなたがわるいのよ」
赤くとろんとした見開いた目がつぶやく

秋刀魚に手を伸ばそうとしている
金の指輪をした拳の影が揺れる

「こころの指輪を失くしたあたいだもの

腸《はらわた》だって苦くなるわよ」

「また誰かのいのちに寄り添うわ
ああ　海が恋しい…」

裸電球が揺れている
明かりが揺れ　影が揺れている

うなぎ

のらり　くらり
掴みどころがない
どうだ　今夜一献！

背中を掴まれてもするりと擦り抜け
無駄な付き合いはしない
世渡りがうまいのか　下手なのか

のらり　くらり
高望みするでもなく
家族団欒というのでもない

さりとて　孤独でも

寂しがり屋でもない
腹の中がわからないだけだ

備長炭の火のうえに上れば
のらりくらりと焼かれて
見事なばかりの　かば焼きとなる

うまいな！
その生涯《いきざま》の　身のしなやかさに
ひとは舌を巻く

鯡《にしん》（鰊）

春ニシンの群れが　留萌—北日本沿岸に押し寄せると
内地からやん衆（出稼ぎ人）がやってきて　街は活気に
あふれた。学校が休みになり　子どもたちまでも　ニシ
ン漁に出た。いまはむかしのこと——

かつて陸に押し寄せたニシンは　食用にしても有り余る。
ニシンから魚油を搾り出した鰊粕は　北前船で西に運ば
れ　畑の肥料になった。肥料と卑下こそすれ　それは巨
万の富を生み　海沿いにニシン御殿*が並んだ。

魚とは思えないほど大きな富をもたらすという意味をこ
めてのことだったのか。漢字を当てると鯡。魚に非ず—。
戦後　喰うや喰わざる時代。皮肉にもニシンの減少が始
まり　昨今　ニシン漁は激減し街は衰退した。

ああ　いまもかつての繁栄を誇ったニシン御殿が建っている。あれはニシンたちの　涙の結晶だ。師走になれば身欠きニシン蕎麦で年越しをし　年が新たになると　お節の数の子で縁起を担ぐ…。おい！　伝説の魚ニシンよ！　いま何処にいるのだ。

あれからニシンはどこへ行ったやら
破れた網は問い刺し網か
今じゃ浜辺でオンボロロ　オンボロボロロー
沖を通るは笠戸丸
わたしゃ涙でニシン曇りの空を見る＊

＊ニシン御殿　留萌・旧 花田家番屋（重要文化財）等々。
北日本沿岸のあちらこちらに保存されている。

＊なかにし礼作詞「石狩挽歌」一連・部分

Ⅳ　石ころ

千葉　外房　大原
TEIICHI

梨の花

親しい友との絆が壊れると
近ければ近いほど　彼の存在が遠くなる
まだその友と親しくしていたころ
山深い彼の産土の地を訪ねたことがあった

煙草畑に出かけていて留守なんです
奥さんが話すので　まだ幼い彼の坊やとぼんやり
霧のかかった山脈《やまなみ》を眺めていた

遠くオートバイの音が谷間に谺《こだま》するばかりで
少しもオートバイのすがたが見えない
山あいから音だけが家に届いてくる

奥さんは坊やの顔を覗いて話しかける
——お父さんの帰りが早そうね

梨のしろい花が　遠く
小糠雨《こぬかあめ》の降るなかでひときわ明るく咲いている
——お父さんはいまあのあたりかな

オートバイの音がお父さんよりも早く
仕事畑から帰ってくる

時のフィルムを巻き戻すように
遠くになった友とのかつての逢瀬を浮かべる

遠ければ遠いほど　その存在が近くになるのか
梨の花の鮮やかな明るさのなかで　友は微笑む

足の指

つとに　このごろ
足首が冷え　痺《しび》れたまゝだ

老いは足から　病は気からと
良く言ったものだ

寒空《さむぞら》で冷え込んだ　ちっちゃな足を
母は柔らかな股にはさみ入れて　暖めてくれた

ああ　あの時の暖かさが　優しさとなり
いつしか　慈しむこころとなり

いま愛おしさとなって　涙する

そして良き人の　愛の架橋となっている

暖かいあの感触が　こころの来歴となって
遠く近く　記憶の岸辺を洗う

そして　いまなお
余計な想いをさせないようにと

痺れて冷やっこくなった老いの足指を
暖め　気遣《きづか》っている

蝿《はえ》さん

誰にも招待もされていないのに　はえさん。式場
にやって来て　誰よりも早く卓上のご馳走を　手
にしている。

――よしてよ　兄さん。

――えっ！

ちらり　はえに視線を泳がす花嫁。〈ばばちィ
きたない〉なんて言えず　長い祝辞《スピーチ》に堪えている。

――判るの　容姿を変えたって…。

――えっ！

outlaw《アウトロー》な兄さん　どうしてこんな日に…。手ばかりか　家まで汚して。そして　身《からだ》ばかりか　世間までちいさくして。

――よっ　よしてよ　兄さん。
――判るの　仕業ひとつで…。

花婿のワイングラスに席を移してはえさん　手を擦り　髭をなでなでしている。なんてことだ！
亡き父に代わって　挨拶をするつもりでいる…。

猫のひとり歩き

夕暮れが夜に
さよならすると
路地という路地から
残り少ない夕日が　蝶になって
深い夕暮れの谷間に
消えていく
そんな景色を
夢見る日暮れ時
きまって猫はこっそり

ひとり歩きにでかける

けれど猫は　どこへ行くわけでもない
夕暮れどきに描く

僕らの美しい空想の中を
ひとり歩いて帰ってくる

靴屋の角を曲がって

うそ　——猫

何気なく
うしろを振り向くと
人目を盗んで　夕餉のおかずに
手をかけていた

こら！

大声を上げると　やつは食卓の上で
何を思ったのか　とっさに
魚を取ろうとした片手を　宙に泳がせ
蠅を追う　素振りを見せた

虫の音が美しく飾る　秋の夜である
蠅などいるはずもないのに

おまえも長く　わが家に
棲みついたばかりに

おやじの悪いところばかり似たんだね
誰が悪いと　言うんではないよ

何もかも暮らしにくい
人の世のこと

おい！　机の下で　いつまでも
頭を掻いていないで　出ておいで

可愛相なお化け

日が暮れるたび　天沼三丁目の
四つ角の赤いポストの上に

芯のない顔を闇に浮かしている
猫がいる　近づくと

足のほうから　すうっと薄くなって
闇に消えていくそうな

見通しの悪いこの辺で
手足を　車にもぎ取られて

息を引き取った　野良猫だと
もっぱらの噂

何を思ってか
体をもとのように整えて
あの世から
抜け出してきているらしい

　死んでもこころは
　　棄て切れないんだね

昼間　近所の人は　あの世この世に
手紙を出しに行くたびに
すうっと懐かしげに
顔のほうから　現れては消える
ポストの上の
猫を見ていく

石ころ

地上にあっては
少しも冴えない顔をしているのに

水の手に　取り戻されると
その瞬間　石ころは

水底で　夜が明けたように輝きだす
頑固な顔は　こども顔のように揺れ

身のまわりに　小さい虹をつくって
あどけない孤独なうつろいを漂わせている

億光年の暮らしの中で
失ったものが　いま静かに蘇るのか

想い起こすように　溢れるように
火の山から吹き出た　太古のどよめきを震わせて

ああ　激しい渓流の波立つ流れの中で
衝突と闘争を繰り返してきたおまえだ

風雨にも打たれて　角も取れ
すっかりまるく滑らかな表情になっている

深いふかい水底で　頑なに閉ざした沈黙を
意思を　柔らかく解きほぐすがいい

そして魚のように泳ぐがいい
もう奪われ　失うものはなにもない

石ころよ

月影

湯舟に　からだを預けて
身をほぐす
こころをほぐす

深い渓流の音に　洗われながら
しぜんと頬が　緩み
あなたの目元が　ほぐれる

おたがいの構えも　解いて
湯船に浮かんだ
ふたりの　哀歓《しあわせ》

――「不幸は　いつも

同じ顔をしているが
幸福は　それぞれ違ってる」って*
——それって『アンナ・カレーニナ』の
冒頭の parody じゃない？
あら　きれいな紅葉の　月影だこと

お湯に　なにもかもを解いて
あなたの瞳に
あわい月の光が　零れる

*寺山修司著『幸福論』より

わが街

春先に　蝶が飛び交う菜の花畑も消えて
田畑はすっかり家々に埋まってしまった

かつて小川をせき止めて鮒や鰌《どじょう》を取った
幼き時間は　いま何処を探しても見当たらない
（あの小川はいま　どこを流れているんだろう）

東西を貫く街の道だけが何一つ変わらず
細々と二、三軒の店舗だけが　かつての面影を残している

その道を夢遊病者のように　たったったったっと
毎日　裸足で行き交う男がおった

あのおっさんは戦争で頭が狂ったんや

記憶も何もかも失っているんや

そんな噂をひそひそ話で　よく耳にした
その男と出会うと目を伏せ　幼心に怖かった

焼夷弾ひとつ落ちなかった
穏やかでしずかな普段着の街だったが……

その男は　わが街に
戦争の残酷な怨念を持ち帰ってきたのだ

若いその男の亡霊は　いまも歩いている
たったたったたっ……

くしゃくしゃな軍服のポケットに　いまなお
不明瞭な明日を握りしめて

遠く　近く

近づき過ぎても
遠く離れ過ぎても見えない

きちんと見えるためには
ほどよい遠近が必要だ

こうしてマンションの窓から
風景を眺めていると

建物や木々が
足元から退いていったように

少しずつ小さくなって　すべての事物が

窓枠の額縁のなかに

遥か愛おしきもののように
一枚の風景画となって収まっている

見るものと　見られるものとの
美しい遠近を諭しているかのように…

こうして見ている私も
遠近法に収まっているのかしら

遠く遥けきものから
眺め見られているかのように

ああ　なんと私を
小さくさせることか

耳

胸にとどく　海鳴りを
わたしの胸が　聞いている

哀しげな　姉さんの
かすれた　叫び声のような

骨だけに　なってしまった
かるい　姉さん

月影のように　揺れながら
暗い　海のうえを渡っていく

（ああ　胸にとどく

海鳴りの　おと)

床に付く　わたしの
小さな胸の　陽だまりに

起きて　静かに
傾ける　耳がある

ひごろのことば

ごめんなさい
そういわれて　なぜかやすらぎ
こころのつぼみが　ぽっとひらく

ごめんなさいは　こころをひらかせることば?

ありがとう
そういわれて　えみがこぼれ
そっと　あくしゅしたくなる

ありがとうは　こころをつなげることば?

ごめんなさい　ありがとうで

こころをほどいて　こころをむすばせる
そして　ありのままの

いとおしい　あなたとわたしになる

いやし　いやされ　なごませる
ひごろの　ことばたち！
きょうも　ありがとう　ごめんなさい

むすんでひらいて　またあした……

手をかざせば…

手を　空にかざせば
なぜかふしぎと　愉しくなる
だれかと　触れ合いはしないかと

さあ　おいでと　てのひらに
やさしく愛を　招き寄せる

ひとはそうして　みんな一人ひとり
だれかの　贈り物になる

手を　空にかざす
今日はなぜか　寂しくなる
だれかが永久《とわ》に　離れていくような

さあ　おいでと　呼びかけても
そこには　だれもいない

そうしてひとは　みんな一人ひとり
だれかの　忘れ物になる

いま　わたしは　だれかの
忘れ物？　それとも
あなたの　贈り物？

すべてはあなたの　こころ次第よ
誰もいない　遥けきところから

遥けき沈黙の　彼方から
密かに　世界がウインクする

解説

尾崎まこと

詩を生きる　——吉田定一詩集『記憶の中のピアニシモ』

詩は住むことができる。「住むことが可能」な、ことばを詩という。

それを読むものが、ことばへの信頼のもとに自由に思いをはせること、つまり「詩に住むことができる」ということは、実は詩の必要条件ではなかっただろうか。吉田定一さんのこの詩集を解説するにあたってまず、「これらの詩は住むことができる」と特筆せねばならない。それは、いかに私どもの生活およびその言語空間が、もっぱら憎悪や不信、怨念を背景にもつところの「非詩的」なものに包囲されているかということの証左でもある。おそらく、その一つとして、日本語を使用する私たちの、一九四五年の「敗戦」を「終戦」と言い換えねばならなかった屈折した共通体験が影を曳いているのだろう。「詩に住まう」とは、今、とても大切なことである。

青空

ああ　感嘆符と疑問符が
あんなにも空を青くしている

詩人が世界に驚き身体全体で問いを発することが、時間をもふくめた四次元の、いや四次元を超えて多次元の「生きうる空間」を開いている。リルケやヘルダーリンなどの詩に思索の源泉を得たハイデッガーは、「ことばは、存在の住処《すみか》である」として、本来的なことばの本質を捉えた。いまさら、私たちはいつのまにか強迫神経症的なことばたちに包囲されている、などと言い立てはしない。しかし、ジャーナリズムなどのむしろ失語に近い饒舌の中にあって、読者は吉田さんのこの詩集の数編に眼をとおすだけで、彼の詩の中に安心して住むことができると判るであろう。ここでは一息ついて、モノも命も人も安心して住むことができる。

確かにこれらの詩は、「たわごと」でも現実の「模倣」でもなく、住むことのできる時空間である。ここでは、時を刻むものは機械ではなく、それぞれの息や心臓のリズムなのである。たぶん、今まで「思ったままを書いてあるのが詩」だといわれて読んできたのは何だったのだろう？　と訝る読者も現れるだろう。

繰り返すが、吉田さんのこれらの詩は、読者は生身で（つまりそのまんまの自分で）住むことができる。詩という仮装で読み手を支配しようとしない。よって、安心がある。詩を読むとは、詩に「住んでみる」ということだったと気づかれる。それは説明する必要さえないだろう。「解説」などとおこがましいが、どのように住むことができたか、これから僕が述べることは、その一例だと思っていただきたい。「青空」で明らかなように、世界と詩人の「問いと答えの構造」は、彼のすべての詩にいきわたっており、その応答が世界を主観でも客観でもなく生命的にしている。だから彼の詩は住める、すなわち詩を読みながら、詩を生きることができる。時計とカレンダーの支配する、現実あるいは世間と呼ばれている世界から浮かび上がり、本来的な息を回復することができる。
僕はとても大切なことを伝えたくて、たぶん簡単なことを難しく言い換えているのだろう。では、問いと答えの構造を持つことによって、読むものが息を回復するとはどういうことか、もっぱらユーモアの効用を伴いそれをなしている詩、「カンガルーさん」によって例証する。

カンガルーさん

ん、と　だまって
　ふりかえり
ん、と　かすかに
　へんじ　した
ん、と　こっくり
　はずかしげ

イケメン　にいさん
　よびとめた
セブン・イレブン

はんずぼん
レジの　まえいく
カンガルー

ん、と　ほほえみ
ふりかえる
おなかに　かくした
かくしもの
だまって　いないで
だしなさい

――　ん？

「うん」ではなくて「ん」である。あいうえおの最後尾である。ことばの最小単位の内で、口を完全に閉じて発音しなければならない唯一の音《おん》である。息から有意味のことばが発生する一歩手前、という感じの音である「ん」を、五回、異なるニュアンスでもって表現されている。さて、姿や表情まで浮かんできそうなカンガルーさんであるが、彼は何度「ん」といったのであろうか。一度かな、「ん、」

と「ん？」の二度かな…などと、物語の空間ではおそらく数秒のできごとを、このようにして、引き伸ばしその世界に喜んでとどまることを詩に住むという。

「ん」とはことばの発生の起源をみずから示すような、喉元に響き渡るような音である。その一音で「問い」と「答え」の対照的な意味を伝えることができる。またこの詩の「ん」のように、問いと答えの間に置かれながら、様々なニュアンスを含むことができる。

吉田さんの詩の中身には「ん？」と「ん！」がある。そして根本的にはそれらは私たちに向けられている。わたしたちは「ん？」とか「ん！」と、いつのまにか自分の喉元を鳴らしてしまっている。つまり、詩を生きている。詩に住んでいる。

経験として流れている時間を「ん」という瞬間に微分し、さらに詩の時間として積分して幾通りにも展開しているということができる。この詩によって住むことのできる時間は豊かな想像力に支えられているが、だからといって根も葉もない「たわごと」かというと、そうではない。コンビニで万引きするカンガルーさんはいないだろうが、彼の「ん、」がこの詩において膨らみをもって開示されているとおり、われわれの生きている瞬間も実は多様な開示性を含んだ時間であるということだ。「カンガルーさん」のユーモアはこの上に展開されている。

この詩集が、わたしのこころを深くするのは何故だろう？

この詩集の構成はジャンルとテーマを吟味した上での、四つの章立てになっている。この章立ては、多彩な表現方法によってなされた各詩文を、読者に美味しく味わっていただこうとする詩人の配慮であろう。いわば名人シェフ、吉田定一によるフルコースである。だから、どれとして同じ味わいの詩はないが、すべて吉田さん以外ではありえない新鮮な素材の切り出しと巧みな調理による、深い味わいで統一されている。

使い古されたことばでいうとその味わいは氏の「個性」というものであろう。が、「コセイ」といった途端にいうべきことの的を外してしまったと僕は感じる。ひとりの人間としての氏の「実存」と呼んだほうがまだ正確には違いないだろう、しかし時代的に実存ということばは死語になってしまった。いや、それ以前にわたしたちが他者としてのひとりひとりの実存のみならず、「自分自身の実存」をも感じられないほど「疎外」されてしまった。解説、と称しながら、いきなりわかりにくいことになってしまったが、吉田定一の詩の本質は、きわめてわかりやすいことばを使用しながら、またユーモアの中に掬い取られ「してやられた」という快感を覚える詩であっても、読者のこころ（実存の感覚）を深くし、さらに世界へと開いていく働きがある。一人のこころを深くする働き、すなわち実存の諸相へと覚醒を促す働きこそ、詩あるいはポエジイと呼んでいい。吉田さんの詩の味わいを説明するのに、吉田さんの詩は詩だ、吉田さんの詩の特徴はポエジイだ、というような自同律を発動しなければならないのは、「行分けすればなんでも詩だ」というような、すなわち詩の現在の時代的な危機に私どもはさらされているからだ。

吉田定一はほぼ生涯をかけて詩を書き続けてきた、と同時に詩を生き続けてきた。吉田さんほどの技量と才能を持っておれば、その困難さは上手に詩を書くことではない。端的に詩そのものを生きることである。その不器用な生から発したポエジイを、丹精込めて紙に定着させたものが私たちの今、目の前に現れている各々の詩文である。詩を生きることの困難が土壌となって、香しい詩という花を咲かせたといっても間違いではない。

たとえば彼が場末で燐寸を擦る。燃え立つ小さな炎も詩人にとっては繊細な陰影に形どられた花になる。

記憶がわたしに帰って来るのは何故だろう?

燐寸

カウンターで燐寸を擦る
ぽっと紅く燃え立つ
その一瞬の　追憶へのピアニシモ

詩集の題名である「記憶の中のピアニシモ」が詩句にほぼそのまま出ている。

燐寸を擦る瞬間に過去に属する時間が蘇生したという、時間がテーマである。時間が空間に置換され、絵画的に表現されている。「わたし」の追憶の内実は述べられていないが、音楽的なピアニシモとして性格づけられている。読者が見る絵としては、酒場を背景として語り手の背中を眺める感じとなる。その背中は語られざる物語が秘められている。わたしたちが彼の背中を眺める距離は、語り手と語り手の記憶の距離である。触ることはできない。

与田準一との対談「詩論としての童謡論」（雑誌「無限」第40号　1977・1）の中で吉田さんは、白秋と三木露風・西条八十に対比させて「感覚の記憶」と「記憶の感覚」という概念をもとに、次のように述べている。

「（白秋のいう）『感覚の記憶』というのは現在的と言いますか、舞踏的といいますか、そんな意味あいをそこから汲み取れると思うんです。それに対して『記憶の感覚』というと、その言葉から、少なくとも時間的な距離感を感じますね。そこできわめて短絡的に、感覚的にいいますと、『感覚の記憶』における舞踏性に対して『記憶の感覚』は物語性を持つということになりますね」

整理しなおすと、蘇る記憶の場が過去にあるものが「感覚の記憶」、記憶の場があくまでも現在にあるものが「記憶の感覚」ということができるだろう。これをこの「燐寸」にあてはめてみると、この詩の白秋でもない三木露風・八十でもない吉田さんの詩の質が浮かび上がる。

燃え立つ炎によって一瞬のうちに蘇る過去の感覚に包まれるのはピアニシモと形容された、音楽的な「感覚の記憶」である。一瞬だけ、語り手である「わたし」は過去の場を今のように生きた（感受した）のである。しかし、過去の感覚に回収されたままではなく、「その一瞬への　追憶へのピアニシモ」とあるように、最終的には絵画的な客観性を取り戻し、物語性を持つ「記憶の感覚」という範疇にこの詩は落ち着くだろう。言い換えれば白秋の音楽的な感覚と露風・八十の物語的な情緒性の中庸に位置しながら、「絵画的な思索性」と呼ぶべきものを吉田さんは持っている。

燐寸は何本でも擦れるように、記憶はまた今の私に帰って来るだろう。何故だろう？　と「わたし」である男は考えているかもしれない。あの時その時の記憶の原体験は、あらゆる人生のすべての場面がそうであるように一回性であり繰り返されることはない。だからこそ、わたしどもはくりかえし心の燐寸を擦りながらあの日を、あるいはあの人のことを追憶するのである。

わたしって誰だろう？

わたしたちは下半身を非言語的領域（もの・自然）に浸し、上半身を言語的領域（精神・社会）に浸されながら生きている。その二つの領域の境は明確な区分ではなく、グラデーションを描いている。そして生きているとは二つの領域において「応答」を成していくということに他ならない。冒頭の「青空」で触れたように、吉田さんの詩を著しく特徴づけるものとして、「応答の強度」というものがあげられる。詩形として、いわゆる「問答形式」をとるものが多いが、その表現形式は、根本的に彼の実存の自覚に基づくものだ。わたしは「問―答」の連環に置かれている。生きるとはすなわち応答の連環であり、その連環からわたしが離脱するとはわたしの死に等しい。

それを「対話」と呼ばなかったのは、非言語的領域における身心的な「応答」が、言語をもっぱら使用して成立するところの一般的な人と人の対話、及び自己と自己との内的な対話の基礎におかれているからだ。

猫の鈴

伽羅橋の橋の上で
「ぼく　帰りがお早いですな」
と　父が猫なで声の
他人行儀なおかしな挨拶をした

はあ?!　と　一瞬口ごもり
俺は父と　その後ろにいる女に
ぺこんと頭を下げた
その時　振り返る俺の小さな肩に
かぼそい女の声が乗った

——あの子　どこの子?

いまもそんな記憶が

天の高みに吊るされていて
（俺の人生に　どうってことはないのだけれど…）
卯月の季節が巡りくるたび
天からあの声が　あの女の姿と一緒に
俺の肩に舞い降りてくる

――あの子　どこの子？

ぺこっと女は頭を下げ
春風に運ばれるように　消えていくのだが
いつもその場に
あの子どこの子の自分が取り残され
年ごと俺は　迷い子になる

そんなこんなを思って
誰かがそっと　仕掛けてくれていたのだろう
右に左に　首を振り頭を振る

——ここは何処?

その度ごとに
なぜか喉仏のあたりで
チロリン　チロリン
と　父の呼ぶ声が
猫の鈴となって響くのだ

そうして俺は　あの時のあの子のまんま
烈しく老いを重ねてきた

「——あの子　どこの子?」
すごい呼びかけだ。自分は自分という自同律は、この突然のことばによって、永遠に破られる。自分というものは他者から見ればもう一人の他者だったということではない。自分という自明であった中心性を失い、自分とは広大な世界における任意の点、「it」であり「what」になったということである。私が私である理由、彼が彼である理由の素朴な根拠を見失なったということだ。「あの子どこの子の自分が取り残され／年ごと俺は　迷い子になる」とはそういうことでもあろう。吉田さんの詩は人に優しいが、その優しさは、実はこの悲しい認識の徹底性に基づいていると思う。

伽羅橋とあるから、おそらく吉田さんの実体験をもとにした詩であろう。誰しも自分の首元にしかけられたチロリンという鈴の音をたとえ想像のうえだとしても感じられるであろう。その意味で詩的経験としての実感性と、ことばを中心とした「大きな謎」を含んだ象徴性を持っている。

非言語的な応答の存在であった乳幼児から言語的な応答の存在に移行するにあたって、父なるものの介入は決定的な役目をする。母とのまったりとした二者関係が引き裂かれ、その時、父そのもの、女（もう一人の母）、自分自身、世界そのものが疑いの対象となる。「右に左に　首を振り頭を振る／——ここは何処？」ということはそういうことだろう。

言語の獲得と引き換えに、いわば人は社会性へと開かれていくのだが、すべてが不可知を含んだ「他者」となる。しかし、そのとき呼びかけて助けてくれるのもまたことばであるとの展開がある。「その度ごとに／なぜか喉仏のあたりで／チロリン　チロリン／と　父の呼ぶ声が／猫の鈴となって響くのだ」

胎児をも含むべきだと考えるが、乳幼児の非意味的・音的・身体的応答を「母性のことば」とすれば、これは「父性のことば」である。その線で考えると、伽羅橋の橋の上にぬっとあらわれた「女」の奇妙で不気味なリアリティが、わたし達にも通じる原体験であることが腑に落ちる。

「ぺこっと女は頭を下げ／春風に運ばれるように　消えていくのだが」

彼女が消えていって（おそらくひとりの詩人だけでなく人はすべからく）迷子になるのだが、これはもう一人の母、母子一体を支えていた「母性のことば」の象徴でもあるだろう。究極の他者として去っていく「女」は、海中にいるような音で私たちを包んでいた母胎の、なれの果てであるともいえる。

このように吉田さんは父性のことばと母性のことばの間にたって、世界に応答してきたのだ。「そうして俺は　あの時のあの子のまんま／烈しく老いを重ねてきた」とはそういうことだ。あの子のまんまとは、消極的に「迷子」ということではなく、積極的に「父と母」の間を手放さないということだと僕は読んだ。そうして、烈しく老いを重ねてきたのは、ひとりの詩人だけではないだろう。

吉田さんの詩は住むことができる、という実感からはじめて、その理由を応答の構造に見てきた。「猫の鈴」で父と母の間に生きるということ、あるいは父性のことば、母性のことばという問題系にも思いを馳せた。

現代児童文学詩人文庫の『吉田定一詩集』の解説において、野呂昶氏は次のように述べている。「我が国の童謡・少年詩は、北原白秋から始まると言ってよい。その亜流は多く生まれたが直流は、白秋・与田準一・吉田定一とつながり、現在に至っている」。

僕がこの小さな解説の冒頭で少し触れたように、戦争という共通体験をくぐった結果、私たちが「現代詩」と受け取っているものの「不毛」というものがある。直接的には詩壇をにぎわす自称・他称詩人の外の一般の人々に詩が広がっていかないということなどである。だからといって現代詩が「ダメ」ということでは全くない。その不毛の土壌から、芽吹き花を咲かせ実を結ぶには、野呂氏が少年詩の直流とし、また僕が特筆してきた「詩に住む」ことのできる吉田さんの詩がヒントとなる。

詩は住むことができる。「住むことが可能」な、ことばたちを詩という。本詩集に巡り合えた私たちは幸せである。

あとがき

記憶の中に眠っている一片《ひとひら》の光景―思い出を手掛かりにして、拙い一篇の詩を紡ぎ出したとき、「上手に思ひ出す事は非常に難かしい。」（小林秀雄「無常という事」）という困難さを私なりに成しえたように感じている。

「思ひ出となれば、みんな美しく見えるとよく言ふが、その意味をみんなが間違へてゐる。僕等が過去を飾り勝ちなのではない。過去の方で僕等に餘計な思ひをさせないだけなのである。思ひ出が、僕等を一種の動物である事から救ふのだ。記憶するだけではいけないのだらう。思ひ出さなくてはいけないのだらう。多くの歴史家が、一種の動物に止まるのは、頭を記憶で一杯にしてゐるので、心を虚しくして思ひ出す事が出来ないからではあるまいか。

上手に思ひ出す事は非常に難しい。」

かつて読んだ小林の前掲の一文が、今なお記憶の岸辺を洗う。思い出しながら（詩を書きながら…）、わが身の記憶を消し去っているのかもしれない。詩集の表題を『記憶の中のピアニシモ』とした所以である。

所収詩に、二年前に上梓した詩集『胸深くする時間』から、「秋刀魚」「うなぎ」の二篇を、パートⅡ「鰯」の関連詩として収載した。

この度の拙い詩集のカバー・扉を版画で飾っていただいた藤井満先生、また詩人であり、詩的な映像を撮る写真家《カメラマン》でもある尾崎まこと氏に、本詩集の「解説」を引き受けていただき両氏共々感謝に耐えない。並びに、編集・出版の労を詩人の左子真由美氏に多々おかけし、感謝多謝。今こうして詩を書いておられるのも、同人詩誌『伽羅』の誌友の仲間があってのこと、同人諸氏に厚くお礼を申しあげる。

吉田　定一　拝

光の花びら　零れる日

詩集　**記憶の中のピアニシモ**

2016 年 5 月 15 日　第 1 刷発行

著　者　吉田定一
　〒 592-0014　大阪府高石市綾園 1-9-1-810
　E-mail　refrancyo@yahoo.co.jp
解　説　尾崎まこと

発行人　左子真由美
発行所　㈱ 竹林館
　〒 530-0044　大阪市北区東天満 2-9-4
　　　　　　　千代田ビル東館 7 階 FG
　Tel　06-4801-6111
　Fax　06-4801-6112
　郵便振替　00980-9-44593
　URL http://www.chikurinkan.co.jp

　ISBN978-4-86000-331-9　C0092

印刷　㈱ 国際印刷出版研究所
〒 551-0002　大阪市大正区三軒家東 3-11-34
製本　免手製本株式会社
〒 536-0023　大阪市城東区東中浜 4-3-20

吉田　定一（よしだ　ていいち）

1941 年大阪府・羽衣生まれ。児童図書の編集生活、子どもの文化研究所を経て、童謡・詩・研究評論と油絵制作（元美術団体・新象作家協会会員）の生活へ。与田準一に師事。童謡集『よあけのこうま』、詩画集『かってうれしいねこいちもんめ』『朝菜夕菜』、児童文学詩人選集『吉田定一詩集』、愛の詩集『わたしの胸の夕ぞらに』、詩集『熊さん』『胸深くする時間』。評論集『詩童謡の現在』（共編著）。絵本『ゆきやこんこん』『かばのさかだちあいうえお』。他多数。詩集『海とオーボエ』で、野間児童文芸賞奨励賞受賞。絵本『からすからすかんさぶろう』で、厚生省中央児童福祉審議会特別推薦。
学校法人・阿佐ヶ谷学園評議員。元東京学芸大学・白百合女子大学各講師。詩誌「伽羅」同人、総合詩誌「PO」編集委員。関西詩人協会会員・運営委員。「詩の実作講座」常任講師。高石市公民館企画委員。

尾崎　まこと（おざき　まこと）

1950年大阪生まれ。詩人、写真家。

関西大学文学部卒業。詩誌「イリヤ」主宰、総合詩誌「ＰＯ」編集委員。「詩の実作講座」代表。関西詩人協会会員。

詩集『カメラ・オブスキュラ』『断崖、あるいは岬、そして地層』、童話集『千年夢見る木』、絵本『にゃんこの魂』。